KB027881

김태호 시집

동물의 세계

한누리미디어

국립중앙도서관 출판시도서목록(CIP)

동물의 세계 : 김태호 시집 /지은이 : 김태호. -- 서울 : 한누리미디어, 2015
p. ; cm

ISBN 978-89-7969-698-1 03810 : ₩8000

한국 현대시 [韓國現代詩]

811.62-KDC6
895.714-DDC23 CIP2015030254

自序

오랫동안 TV 앞에서 '동물 세계'를 관심 있게 바라보았다.

아프리카 초원에서 먹이사냥에 열중하는 사자나 치타의 날쌘 행동에 박수를 치다가도 맹수에 쫓겨 혼쭐나게 도망가는 연약한 사슴이나 바다속 작은 물고기떼까지 그들만의 생존 방식이 있음도 알게 되었다.

내친김에 매미나 여치 같은 곤충들, 미물이 갖는 세계에도 저마다 생각의 꼬투리는 지니지 않았을까…….

서울대공원까지 들락거리면서 70여 동물을 대상으로 시를 써 보았다.

차마 버리고 가기가 아쉬웠지만 막상 시집으로 나온다니 두렵고 부끄러운 맘 가득하다.

그동안 협조해 주신 모든 분들께 감사하다.

2015년 늦은 가을

여운(黎雲) 김 태 호

차례 Contents

제 1 부 호랑이 이야기

제 2 부 카멜레온의 변신

차례 Contents

제 3 부 춤추는 홍학

제 4 부 개똥벌레 반딧불이

제 1 부

호랑이 이야기

호랑이

쉬잇! 호랑이도 제 말 하면 온다는데
이 아침, 마당가엔 호랑가시풀만 무성해
창밖으로 호랑지빠귀 한 마리 날아 앉았네
정말이지 옛날옛적에는 높은 산 골짜기
바위를 뛰어넘는 백두산호랑이가 있었다는데
어흥! 울음소리 한 번에 산천이 쩌렁쩌렁
늑대며 여우새끼 줄행랑치고 굴속의
너구리도 오싹오싹 몸을 떨었다는데
인왕산 바위 아래 잠을 자던 호랑이
총질하는 사냥꾼에 가죽을 넘기기 싫어
일월(日月) 소백(小白) 속리산 친구들 함께
백두대간 길 따라 자취를 감추었다네
어느 날 저 멀리 흑룡강 너머 시베리아
삼림지대에 나타난 호랑이 가족
88올림픽 호돌이를 빼닮은 녀석들
못난 스라소니 새끼는 되지 않았는지 몰라
옛모습 돌아오라 기다리는 사람들
호랑이 담배 먹던 시절 그리워하며
서울대공원 호랑이 우리 앞을 서성인다네

작은 물고기들

깊은 바다에 사는
작은 물고기들이
떼지어 몰려다닌다
정어리떼 청어떼 멸치떼까지
흩어졌다 뭉치는 찬란한 곡예
먹이사슬 꼭대기 큰 고래와
상어들도 멍하니 바라만 본다
누구에게 배웠을까
적을 따돌리는 놀라운 지혜
목숨을 건 시위 앞에
바다의 포식자들도 고개 돌려
멀찌감치 물러난다
작은 물고기들의 몸 부딪는
황홀한 율동 앞에
바다는 꿈에서 깨어
사나운 파도를 잠재운다

까치

높은 나무 위에 집을 짓는다
사람 사는 마을 떠날 수 없어
얼키설키 엮어 만든 높다란 둥지
흔들리는 둥우리 안에서도
잠 설치며 마을을 지킨다
멀리서 불어오는 스산한 바람
솔깃한 소식이라도 묻혀 왔는지
꼭두새벽 일어나 잠을 깨운다
깟, 깟― 지붕 날아다니며
기쁜 소식 알리려 부산을 떤다
사람들 일어나 창문을 열고
반가운 손님 오시려나 내다보면
푸드득 날아오르는 까치 한 마리
건너편 지붕꼭대기 올라앉아
청아한 목소리로 아침을 연다
오랜 세월 함께한 정겨운 텃새

고양이

여기가 내 자리인 게지
햇볕 잘 드는 양지쪽
게슴츠레한 눈 깜박이며
늘어지게 잠을 청한다
지난 날 살쾡이 시절
산이나 들로 돌아다닐 때
재빠른 토끼, 날아오르는 꿩 낚아채고
곳간 쥐 잡아 달라는 부탁에
알곡 축내는 쥐새끼들 모조리 잡아
귀염을 독차지하기도 했는데
그 많던 곳간 쥐새끼 다 없어지니
하릴없이 잠이나 자는 게지
몸집은 작아도 사자나 호랑이 같은
고양이과 동물 아니던가
배부른 사자처럼 네 활개 뻗고
아무데 엎드린들 누가 탓할까
햇살 따스한 곳 누워 마냥
낮잠을 즐기는 고양이 가족

비둘기

언제부터였을까
사람 손에 길들여진 비둘기
구구구 금실(琴瑟) 좋아
천 리 밖에서도 집을 찾아 날아들고
잃어버린 콩밭 대신
뿌려주는 낟알에 목이 메인다
하루가 다른 잿빛 도시
웅웅대는 기계소리 숨이 막혀도
수리매가 무서운 산속보다는 낫다
와— 와—
오색 테이프 쏟아지는 운동장
파아란 하늘 날아오르며
기쁨의 나래짓 펼치기도 한다
떠들썩한 박수소리—
아직은 사람의 그늘이 필요해
지상을 내려다보며
눈부신 원무*를 그리고 있다

* 원무 : 사전상의 뜻은 원무(圓舞)이나 원무(願舞)로 새겨도 좋을 듯 싶음

개미

한여름 개미가 행군을 한다
전투에 나가는 병사들처럼
줄지어 일터로 가는 개미떼
그저 신비롭고 대견하다
제 몸집보다 큰 먹이를 물고
당당하게 집으로 돌아가는 녀석들
잘록한 허리에서 힘이 솟는지
가파른 길에서도 지칠 줄 모른다
비가 올 량이면 집을 옮기고
곳간을 채워 겨울을 대비한다
굴속에 있는 여왕개미며
아기개미를 위해서라면
앞을 막는 그 누구도 두렵지 않다
나무에도 오르고 진창에서도
더듬일 앞세워 달려나간다
하늘은 저 작은 개미에까지
살아갈 힘을 주신 것일까
땅바닥 기면서도 기죽지 않는
놀라운 개미들의 세계

말

당당한 차림새, 고개 들고 나서면
모두가 부러워하는 귀한 몸이지만
덩치값 못하고 마음은 여리다네
누가 해칠세라 밤에도 선 채로 잠자고
부시럭 소리에 귀를 쫑긋 겁부터 낸다
초원을 도망다니다 다리는 길어지고
정신없이 달리다 사람들 눈에 띈 게지
네 발에 쇠굽 박고 안장 얹어
천릿길 달리도록 길들여졌어
에라 모르겠네, 이왕이면 대접받는
경주마(競走馬)가 맘 편한 노릇이야
명성 따라 세계 도처 다니며
기수(騎手) 등에 태우고 긴 트랙을 돌면
발 구르며 응원하는 열띤 환호소리
바람에 갈기 휘날리며 땀에 젖어 달리는
중앙아시아 야생마의 후손들

늑대

추운 지방보다야 따뜻한 남쪽이 낫지
두만강 건너 한반도로 내려온 늑대
산속에서 살다 보니 눈앞이 흐려지고
계절 따라 변하는 먹이 인심에
성질마저 사나워진 게 틀림없어
때로는 사람 사는 마을 내려가
살찐 돼지새끼도 물어 오고
겁 없이 어린아이까지 해치게 되었지
몽둥이 들고 따라오는 사람 무서워
꼬리를 아래로 내리게 되었는지도 몰라
컹컹 짖는 개를 보면 어찌도 닮았는지
이리와 승냥이 형님들 생각이 난다니까
번쩍번쩍 산골짝 켜지는 전깃불에 놀라고
호랑이도 가고 없는 산속이 서글퍼
밤하늘 반짝이는 '늑대별'* 보며
두고 온 고향을 그리는 전설 같은
늑대의 모습

*늑대별 : '시리우스' 로 불리는 '큰개자리 별' 의 으뜸 별. 백색의 밝은 빛으로 겨울 하늘을 장식하며 '오리온자리' 별과 함께 태양력을 만드는 기준이 된 별. 일명 천랑성(天狼星)이라고 함.

코뿔소

콧등에 쇠뿔 단 녀석
천하의 코뿔소라네
풀 먹고 산다고 얕볼 순 없지
갑옷 두른 몸뚱이 무게만도 2톤이 넘어
발 구르며 달리면 땅이 다 흔들리지
웬만큼 힘센 호랑이도 사자도
가까이 오지 못해 슬금슬금 피하는 눈치
덕분에 맘놓고 초원에서 살지만
문제는 묘하게 생긴 뿔이 탈이라네
긴한 약에 쓴다며 죄 없는 목숨
마구잡이 총질해대는 사람들
귀하고 귀한 종족 씨를 말린다네
500일이나 뱃속에서 길러야 하는 새끼
언제 키워 세를 늘릴지 참으로 암담하다네
하늘이시여 우리에게 뿔을 주시랴거든
방패막이 투구라도 내려주사이다
뜨거운 태양 아래 하늘을 원망하는
무소의 후손들

찌르레기

사람 사는 마을이 그리운지
숲을 떠나 동구밖 날아와
키 큰 나무 위에 집을 짓고
치르럭치르럭 울어댄다
의좋은 참새가 마당가 내려앉아
낟알을 나누어 먹을 때도
가무스레한 갈색 털빛에
멋진 노랑부리를 달싹이며
삐— 치르럭 삐— 치르럭
야단스레 소리를 높여 운다
참새처럼 뛰어다니지 않아도
사람들은 내 모습 알아주려나
오늘도 오동나무 그늘에 모여
한 마리 텃새 되기를 꿈꾸는
작은 몸집의 찌르레기

앵무새

흉내내기 좋아한다고 하지 마세요
내 고향은 아프리카 더운 지방
잎새 너풀거리며 꿈꾸는 나무에
가지마다 모여 앉아 수다떨던 버릇
못내 바다 건너 따라왔나 봐요

왼종일 조롱 안은 너무 심심해
툭 툭, 열매를 쪼다 기지개를 켜다
만만한 짝꿍만 못살게 흔들기도 하지요

현관문 열고 들어서는 아주머니
안녕! 앵무! 반가운 인사에 슬그머니
화가 나서 말대꾸한다는 것이
알—령! 왱—무! , 그만
아주머니 흉내를 내고 말았네요

옳지 옳아, 우리 앵무 착하기도 하지
반색하는 칭찬에 그럭저럭 길들여져
부드러운 혀끝 굴리며 살아가네요

세계 도처 흩어져 사는 앵무 가족

어디서나 귀염 받는다니 다행이지요
아프리카 낙천적 핏줄 원망 안 해요
그런대로 세상살이 힘이 되니까

황제 펭귄

추운 남극 물속 드나드는 바다새
뒤뚱뒤뚱 짧은 다리 얼음 위 거닐며
하얀 배 어깻죽지엔 황금빛 목도리
잔뜩 폼 잡는 킹 펭귄이라네
칠흑 같은 바다밑 깊은 물속에서도
새우며 낙지 물고기 낚아채고
얼룩물범 따돌리며 무리지어 산다네
양지바른 곳 작은 돌로 둥지 모아
어렵사리 알을 낳고 알을 깨우며
귀한 새끼 부부애로 키운다네
멀리서 다가오는 사람에게도
호기심 어린 눈으로 가까이 가며
나폴레옹처럼 배를 내민 녀석들
영하 80도 극한 땅에 사는 황제 펭귄

벌새

작다고 얕보지 마라
바르르 떠는 몸짓
고속 엔진 날개가 있느니
공중에 선 채로 꿀을 따고
꽃속의 벌레를 찍어내며
꽃술마다 꽃가루 전하느니
호두만한 둥지속 알을 낳고
새끼도 기르는 작은 새여
그대 이름은 부리 가진
꿀벌이라 이르리라

치타

세상에서 가장 빠른 단거리 선수
날렵한 다리로 초원을 달려
달아나는 멧돼지며 가젤을 사냥한다
먹잇감 물고 나무에 오르진 못해도
풀숲에 숨겨두고 어린 새끼들 키운다
때로는 힘센 사자나 하이에나에게
애써 얻은 먹이를 빼앗겨도
어쩔 수 없이 물러서는 겁쟁이지만
사람에게는 두려울 게 없단다
가축에 손대지 않았으니…
그저 탁 트인 초원만이 살길이라
이따금 언덕에 올라 저 멀리
붉게 타오르는 저녁노을 바라보며
드넓은 사냥터 초원이 아니라면
어찌 살아갈 수 있었을까
사뭇 감회에 젖기도 한다

돌고래

탄탄한 몸매 자랑하고 싶다
물밖 드러내는 공중제비 묘기
넋 잃는 황홀한 박수소리에
바다를 떠나도 고향 온 것 같다

끝없는 파도, 얕은 물가로
작은 물고기떼 사냥하던 재미
갓난 새끼 등에 태운 나들이
휘파람 소리 잊어야 한다

피바람 몰고 따라오던 백상어
오싹한 그림자 지워버리고
수조에서 던져주는 고등어
참치 맛에 행복하기만 하다

어차피 비늘 없이 태어난 몸
사람과 더 친해져야 한다
오늘도 미끈한 몸매 선보이며
원맨쇼 펴는 머리 좋은 돌고래

올빼미

어둠에 묻힌 캄캄한 밤
숲속 나무 위 올라앉아
큰 눈 굴리며 사방을 훑어본다
건너편 잠든 마을 언덕바지
풀섶 사이 숨어있는 벌레며
바스락대며 먹이 헤집는 들쥐들
쏜살같이 날아가 발톱으로 움킨다
그 누가 탓하랴
갓 태인 새끼 위한 먹이사냥
해 뜨기 전 부지런히 물어다
둥지로 날라야 한다
꿀꺽꿀꺽 작은 목구멍 넘기는
털보숭이 새끼들의 함함한 모습
눈에 넣어도 아프지 않다
오늘 밤도 새끼들 좋아하는
맛있는 먹잇감 잡았다고
굵직한 목소리로 화답하는
금실 좋은 올빼미 부부

토끼

쿵더쿵 쿵덕쿵 떡방아 찧던 토끼
둥그런 달속에서 언제 내려왔나
깡충 깡충 튼튼한 뒷다리
수풀속 오르막길 잘도 오르고
오물오물 토끼풀 맛나게 먹네
오스스 바람소리 귀를 세우고
거북등 타고 다녀온 용궁 이야기
호기심 많은 아이들에 들킬세라
반짝반짝 두 눈이 호동그래지네

닭

약한 두 다리 땅을 버티고
금빛 나래를 털며
잠든 바람도 일으켜 세우는
홰치는 닭

내민 가슴, 불타는 벼슬을 젖혀
태산 준령을 넘는 목이 긴 울음
한낮을 알리는 나팔수
무지개 뻗쳐 비상하는 꿈

불꽃처럼 뜨겁고 강철같이 질긴
생명을 꿈틀이는 멧부리 바람인데
범치 못할 기상으로
고요한 마을을 지키는 너, 홰치는 닭
불덩이 가슴
그, 가슴속엔 순백한 사랑도 품었는가

제 2 부

카멜레온의 변신

카멜레온

변신의 천재 아니다
적들에 둘러싸인 숲속에서
살아남기 위한 벼랑끝 전술
나뭇잎 푸른 빛 띠다가도
금세 검붉게 몸 변하는 재주
그 누구도 따를 수 없다
높은 나무 기어올라
죽은 듯 엎드렸다가도 긴 혀로
날쌔게 곤충을 낚아채며
두리번 두리번
숨어 있는 짝을 향해 찬란한
목도리를 흔들기도 하는 너는
정녕 아득한 세월을 넘어
살아남은 공룡의 후손
겁쟁이 도마뱀이렸다

고슴도치

해 지고 날 어두웠으니
슬슬 밖으로 나돌아야지
털보숭이 새끼들 위해
떨어진 과일이며 새알을 줍고
벌레가 숨어있는 풀숲도 뒤져야 해
길 막고 다가서는 너구리와 살쾡이도
꼿꼿한 가시털 기세에 눌려
절레절레 고개 흔들며 물러난다
아무렴, 등에 솟은 밤송이 털
조상대대 물려준 방패가 아니더냐
힘세다고 우쭐대는 덩치 큰 짐승이여
괜한 허세 부리지 말고
나의 가는 길이나 열어다오
오늘도 든든한 갑옷 걸치고
굼뜬 걸음 내딛는 당당한 고슴도치

다람쥐

툭 툭 알밤 떨어지는 소리
쪼르르 나무밑 달려간다
상수리 지키는 청설모 피해
돌담 위에 올라앉는다
실한 앞니로 딱딱한 껍질 벗겨
알맹이 입안에 넣고 오물거린다
황갈색 털빛, 복스런 꼬리까지
검은 줄무늬가 선명한 다람쥐
머지않아 겨울 올 테지
부지런히 양식을 날라야 해
도토리 한 알 볼에 넣고
굴속 나드는 쳇바퀴 하루라도
먹을 것 많은 가을이 좋아
엷은 햇살 등에 지고
돌담 오르는 예쁜 다람쥐

하마

뒤뚱뒤뚱 땅 위를 걷기보다
물에서 노는 것이 편하다니까
늪이나 말라빠진 강이라도
물속에 몸을 담글 수 있다면
눈 코만 내어놓고 물밑 잠겨 들지
다들 무서워하는 악어조차도
나의 거룩한 명상을 방해하진 못해
육중한 몸 물에 담가 있으면
세상에 부러울 것이 없거든
어쩌다 주책없는 친구 녀석
싸움 걸라치면 용서할 수 없지
물고 뜯고 할퀴는 대신
큰 입 쩍 벌려 입 크기를 겨루고
싱겁게 싸움을 끝내는 거야
몸 속에 지닌 열기도 많은데
죽기 살기 싸워야 할 이유가 없지
햇볕을 피해 물속 잠겨 있으면
등때기 달라붙은 진드기도 떨어지고
마냥 즐거운 신선놀음 아니겠어
둥둥 짧은 다리 감추고
진종일 물속에서 땀 씻는 하마

낙타

사막은 태어난 고향
잠시 눈 감고 귀 막으면
거센 모랫바람도 한 순간 지나간다
누가 이 머나먼 열사(熱沙)의 땅에
길을 열고 짐을 나를 것인가
뜨거운 태양 아래 무거운 짐
주인을 등에 태워 걷고 또 걷는다
잔등 위 높이 솟은 보물 같은 혹
긴 여행길 희생제물 될지라도
모든 것이 이승의 업이려니
웅얼웅얼 콧바람도 일으키며
태산 같은 멍에 진 채
뚜벅뚜벅 오아시스 향하는
낙타의 무리

사자

번쩍이는 갈기는 위엄의 표상
머리통만큼이나 큰 울음소리
뭇 짐승의 존경을 받을 만하지
수십 마리씩 무리를 거느리며
협동으로 사냥하는 모습
대를 이은 가르침의 결과라네
옛부터 서양에선 문무(文武)의 상징으로
모퉁이마다 힘찬 모습 조각해 모셨는데
이제는 동물원 구경거리나 된 신세
아직도 내 몸속엔 끓어오르는 피
덩치 큰 들소의 숨통을 끊어내는
날카로운 이빨과 발톱 녹슬지 않았으니
나의 이 엄연한 혈통 지켜지이다
오늘도 등 뒤에서 총 겨누는 사람들이여

오소리

짧은 다리 통통한 몸매
캄캄한 밤 대낮같이 헤집고 다닌다
야트막한 산자락 정 붙여 살며
뿌리든 과실이든 씨앗을 먹고
뱀이며 토끼 곤충도 잡아먹는 맹렬한 식성
넘치는 힘으로 토굴을 판다네
거느려야 할 가족, 새끼를 위해
안방이며 화장실 따로 만들고
사통팔달 드나드는 통로와 출입문까지
땅속 깊이 철옹성 짓고 친구 너구리와
여우에게도 방을 빌려준다네
철 따라 짙은 갈색 털빛은 바뀌어도
족제비과 뽐내는 번지르한 몸피
죽어서도 멋진 '감투' 감 쓰인다니
어두운 밤길 조심할 밖에
누가 아는가 어느 날 덫에 걸려
'오소리 감투' 신세 나락에 떨어질지
달밤에도 번뜩이는 오소리의 눈빛

까마귀

까욱까욱 제 목소리 싫으신가요
맑고 고운 꾀꼬리 소리 닮고 싶지만
타고난 음성 어찌 하나요
몸은 검어도 심성은 착하답니다
어미에게 옥수수알 물어다 주는 효심과
병 속에 돌 넣어 물 마시는 지혜도 있답니다
저 옛날 삼족오(三足烏)를 아시나요
태양을 지고 하늘을 날던 전설의 새
지금도 가슴 속엔 불을 품고 산답니다
청산을 날며 벌레를 쫓다가도
아랫마을 돌아가는 인심 살피며
까욱까욱 가지끝 홀로 앉아
먼 하늘 바라보며 우짖는 새

악어

무시무시한 이빨 감추고
강바닥 엎드린 악어의 눈빛에는
드넓은 초원을 찾아 강을 건너는
누우떼와 얼룩말의 심장을 멎게 하는
소름끼친 전율이 숨어 있다
수수만년 지구를 돌며 살아온
공룡의 후손임을 말해 주듯
등딱지 갑옷이며 꼬리의 힘까지
아직도 원시(原始)의 숨결 살아있다
사람들이여
비바람 헤쳐온 불멸의 가죽을
일용할 노리개로 삼지 말아다오
잠자는 범의 콧털을 건드릴망정
부디 메마른 강바닥 엎드린
나의 등에 돌을 던지지 말아다오
삐욱삐욱 조무래기 비명소리에
허겁지겁 모래기슭 달려가는
어미 악어의 슬픈 뒷모습

엘크

어쩌다 추운 삼림지대 버티게 되었을까
북미 로키산맥 기슭에 사는 덩치 큰 사슴
인적 드문 천연의 땅 자라는 풀과 이끼
나무의 싹을 먹고 되새김하며
몰아치는 눈비를 피해 살아간다네
그래도 심심한 건 참을 수 없어
머리에 얹힌 멋진 뿔을 뽐내며 수놈끼리
한바탕 힘겨루기 하다가 그도 멋쩍으면
아래쪽 지나는 자동차며 사람 구경에
멀찍이서 목을 빼고 넋 놓고 서 있다네
그 옛날 조상이 살던 곳은 어땠을까
하늘 꼭대기 흐르는 구름을 보며
골짜기 물소리에도 귀를 기울인다네
모질지 못해 맹수에 쫓기고, 북쪽으로
북쪽으로 도망친 처지, 누구를 탓하리
그럭저럭 잊어버리고 사는 게 운명인 것을
덩치만큼이나 슬픔에 잠긴 엘크의 눈빛

코끼리

길다랗게 늘어뜨린 코
무엇이든 해낸다
물을 빨아들이고 손 대신
물건을 집어 옮기는 일까지
육중한 몸에서 나오는 힘
콧바람 앞세워 손쉽게 치러낸다
눈이 작아도 멀리 보고
너풀거리는 귀로 천둥소리
강물소리도 다 듣는다
호랑이 사자 겁내지 않고
작은 쥐새끼 한 마리 밟지 않는
영특함을 가졌다
아프리카 초원, 인도의 벌목장 떠나
동물원에 갇혀서도
비스켓 던져주는 아이들에게
고개 끄덕이며 다가가는
가슴 따뜻한 코끼리

기린

맘놓고 고꾸라져
잠이라도 자봤으면
맨바닥 머릴 대고 자다가도
바람소리 놀라 잠을 깬다
높은 나무 잎샐 따먹느라
긴 목줄기며 혀끝인들
얼마나 고단하리만
6미터나 되는 키 큰 덩치에
아로새긴 갈색 무늬
누가 봐도 귀하신 몸이라
함부로 처신할 순 없는 게라
발걸음 옮길 때도 왼쪽 오른쪽
앞 뒷발 함께 떼어 우아하게 걷는다니까
머리에 난 혹, 뿔이 아니라도 좋아
한가로이 아카시아 잎 훑고 있는
초원의 신사 기린아(麒麟兒)

표범

높은 나무는 편안한 식탁
사냥한 새끼 영양 가지에 걸쳐놓고
맛있는 식사를 즐긴다네
먹이 뺏으려 쫓아온 사자녀석도
하릴없이 바라만 보다 돌아서고
나무 재주 잘하는 원숭이들도
근처엔 얼씬하지 못한다네
긴 꼬리 접어 늘어지게 자고 나면
세상은 아리아리 돈짝만해지고
몸뚱이 박힌 검은 반점
'돈점박이' 별명도 싫지는 않아
달빛 내리는 바위 올라
홀로살이 외로움도 달래어보네
수풀속 웅크리는 날쌘돌이 표범

두더지

남들 좋아하는 햇볕이 싫어
땅 파기에 열 올리는 두더지
뾰족한 괭이 주둥이로 흙을 파
넓적한 발바닥 삽으로 긁어내면
어느새 아늑한 토굴이 되고
사통팔달 지하 터널이 생긴다
워낙 작은 눈이라 앞이 안 보여도
뛰어난 청각과 후각으로 적을 피하며
몸 숨기는 굴속 생활에 이골이 났다
칠흑 같은 어두운 밤에도
굴 밖으로 나가 개구리며 지렁이
곤충을 잡아 포식을 하고
논두렁 밭두렁 파헤치다
주인에게 혼쭐나기도 하지만
밤낮없이 흙 속에 묻혀 사는
살찐 두더지

꽃사슴

부드러운 풀을 먹고 자라서일까
소처럼 되새김하는 온순한 심성
옅은 갈색에 하얀 점박이 무늬
아름다운 몸매를 지녔다
먼 빛으로 바라보는 푸른 하늘
흰 구름 도는 선한 눈빛에는
짐짓 놀라는 기색이 역력한데
초겨울 찬바람 불어오면
'메 메' 울며 소란떠는 사육의 잔치
가슴에 끓는 피 순하게 다스리고
사람들이 머리 난 뿔을 잘라 가도
어쩌지 못할 숙명인 양 맡겨야 하는
눈물겨운 숨박질—
이끼 자란 풀숲에 모여
말없이 서성이는 사슴의 무리

아나쿤다

거대한 구렁이 왕뱀이 있었네
아마존강변 원시의 수풀에는
전봇대보다 큰 뱀이 엎드려 있었네
먹이 쫓으랴 몸 숨기랴 애를 써도
장대 같은 몸뚱이 숨길 수 없어
호기심 많은 사람에게 들키고 말았어
수풀을 헤집고 강물에도 잠기며
남몰래 달아나는 필사의 숨바꼭질
하루에도 몇 번씩 곤두박질친다네
지구촌 남아있는 마지막 숨통
아마존 비경이 떠내려갈 리야 없지
아직도 내 몸에 지닌 서늘한 피
귀한 자손 이어갈 알을 낳아야 해
기세 올리는 사람들에게 놀림감 안 되게
조심조심 나뭇잎 사이를 기어다니는
21세기 살아남은 기적의 아나쿤다

하이에나

거지니 청소부니 누가 뭐래도 좋아
배고픔 달래기 위해 썩은 고기도
짐승의 핏물도 다 먹어치우지
사자들이 잡아놓은 얼룩말의 향연
히히히, 그냥 지나칠 순 없지
뒷다리는 짧지만 어깨에 갈기 세운
거렁뱅이 친구들 하나 둘 불러모으면
힘센 사자도 자리 내주며 물러날 수밖에
독수리떼 오기 전에 남김없이 먹어야 해
바드득바드득 실한 이빨 자랑하며
내어준 먹이 말끔히 해치우는 힘
거지라는 이름도 몰골 사나운 모습도
약육강식의 세계에선 포스라운 말
달밤에도 흰 이빨 드러내며 수풀속
두리번거리는 하이에나 무리

박쥐

어쩌다 밤하늘 날게 되었을까
땅을 쏘다니던 앞발 날개 만들어
어둠 속 동굴을 찾은 것이
오랜 세월 빛을 등지게 된 게지
까맣게 천정 매달려 잠을 자도
날개 달린 날짐승이 좋아
으슥한 곳간, 시궁창 기억 털어내고
서늘한 굴속에서 늘어지게 단꿈을 꾸지
고개 외젓는 사람들 보란 듯이
밤이 오기 무섭게 밖으로 나가
주름 접은 날개 펼쳐 하늘을 날며
안 보이는 물체도 초음파 보내
나방이며 갑충 영락없이 낚아채고
어지러이 지붕 위를 날아다니는
밤하늘 차지한 한 무리의 박쥐떼

제3부

춤추는 홍학

홍학

다리가 가늘어도 멋지게 사는 거야
분홍빛 깃털에 긴 목 세우고
스텝 밟아 춤을 추는 시간
사람들 눈을 황홀하게 만들지
물갈퀴진 발로 개울 오르내리며
개구락지 잡던 고된 일 잊어버리고
동물원 사육장에 길들여져
시간 맞춰 춤추는 재미 쏠쏠하다네
구경하는 사람들 환한 웃음소리며
맛있는 새우 얻어먹는 재미까지
촌뜨기 신세가 확 펴진 게 아니겠어
옛말에 있지, 생긴 대로 사는 거라고
지체 있는 학의 피붙이답게
사는 수준도 높여야 한다니까
사뿐사뿐 걸음새를 가다듬는
수줍은 발레리나 홍학의 무리

백로

물가에서도 숲에서도 새하얀 모습
부리와 다리는 까마귀처럼 검지만
사람들은 길조라며 백로(白鷺)라 하네
눈부신 깃털 부러움을 사지만
감춰진 고단한 삶 아무도 모른다네
진종일 물가에서 고기를 잡고
저녁이면 숲으로 가 잠자리를 구하지
자손들 번식 위해 무리져 다니며
나무 위에 층층 집을 지어 알 품고
배고픈 새끼들 돌보느라 동서남북
깨끗한 물 찾아 헤매야 하니
어찌 행복한 삶이라 말할 수 있으리
뿐인가, 백로면 다 백로가 아니라네
중백로, 쇠백로, 왜가리, 해오라기까지
이름만 들어도 골치 아프지
다음 세상엔 신선처럼 혼자 살겠네
두 나래 활짝 펴 창공을 날며
다투지 않고도 멋있는 학처럼 말이네

참수리

긴 나래 접고 봉우리 앉아
어지러이 날으는 새들을 본다
우짖는 까막 까치며
어둠 속 뒤지는 수리부엉이
점잖게 바라만 볼 뿐
이마 벗겨진 검독수리마냥
시체 곁을 맴돌지 않는다
땅 헤집는 들쥐며 토끼사냥
번개같이 내달아 살아 있는
먹잇감 일순에 낚아챈다
바다에는 물수리요
땅 위에는 참수리라는데
강 건너 넓은 들 향해
웅크리며 날아오르는
참수리의 활개짓 보고 싶다

딱다구리

딱– 딱– 딱다그르
진종일 나무 쪼는 소리
온산 울리며 퍼져 나간다

나무줄기 쪼아대는 단단한 부리
갈고리 혓바닥 구멍에 넣어
먹이벌레 찍어내는 재주가 있네

봄이면 구멍 속 알을 낳아
암록색 깃털에 선홍빛 머리
천연기념물 귀한 자손 기르고

사람들 발자국 소리 두려워
깊은 산속 숨어든 크낙새 부부
딱다글 딱다그르 화답하는 소리

화식조(火食鳥)

있으나마나한 날개와 꽁지
세 갈래 억센 발가락에 긴 발톱
공룡의 후예라서일까
누구에게나 덤비는 불 같은 성미
킬러의 본능 그대로다
희귀한 모습에 놀라는 사람들
뉴기니, 오스트레일리아 북동쪽
먼 삼림지대에서 데려온 새
무엇이 못마땅한지 아무에게나
두 다리로 공격을 일삼는다
힘만 믿고 날지 않아 퇴화한 날개
못난 자화상에 분풀이라도 하는 것일까
사람을 쫓아 펑펑 발길질해대는
가당찮은 새, 거대한 화식조가 있었네

직박구리

알곡 널린 들녘
사람 사는 마을을 돌아
숲속 날아든 수다장이

가는 곳마다 파다한 이야기
즐거운 울림으로
골짝을 술렁이게 한다

덩치 작은 참새야 무엇을 알까
알 수 없는 소문, 들은 풍월로
주절주절 지껄이며
이웃을 즐겁게 한다

들 가운데 흩어진 낟알이며
갯지렁이 과일까지도 물어와
작은 나뭇가지 둥지를 튼다

철 따라 산으로 마을로
무리져 옮겨 앉아 지저귀지 않음
목이 타는 근지러움에
긴 꽁지마저 탈삭인다

어치

포도빛 몸매에 검푸른 반점
까마귀 사촌이라지만
목소리 하나는 곱다구요
야옹 야옹 고양이 소리며
지나가는 새들의 울음까지
멀쩡하게 흉내 낸답니다
일년 내내 숲속에 살며
오뉴월엔 대여섯 개 알을 낳고
예쁜 새끼도 기르지요
어쩌다 사람들 눈에 띄어
새장에 갇히는 일 있어도
작은 부리에서 내는 고운 목소리
타고난 목소리로 사랑을 받지요
언치처럼 쓸모가 있다나 봐요
'언치*새' 라 붙여진 별명 싫지 않네요
푸드득 숲속 날으는 어미 어치

*언치 : 말이나 소의 등을 덮어주는 방석이나 담요

제비

물찬 제비란 말 들으셨나요
미끄러지듯 바람 타고
살같이 공중을 나는 모습
연미복 신사의 곡예랍니다
참새만한 몸집으로도 수만 리
따뜻한 남쪽나라 날아가고
삼월 삼짇 봄이 되면 어김없이
옛집 찾아 돌아옵니다
지지굴지지굴 바다 건너던 얘기며
뱀에 몰려 낭떠러지 구르던 일
전깃줄 모여 앉아 얘기꽃 피웁니다
밥 달라며 입 벌려 짹짹이는 새끼들
반지르르 귀티나게 키우리라
살아있는 벌레만 먹입니다
시속 90킬로, 하늘 날으는 제비

연어

태평양 넓은 바다 보았으면
고향으로 돌아가야 해
어릴 적 송사리로 헤엄치던 맑은 물가
기어이 어머니 품으로 가야 하고 말고
석 자 길이 자라난 미끈한 몸매
새끼들 품어안은 배부른 몸 이끌고
산란의 기쁨 고향에서 누려야 해
은백색 뱃살에 돋은 붉은 무늬
짧은 주둥이 구부러진 수놈 데불고
죽을 힘 다해 강물을 거스른다네
어느새 가을 볕도 저물어가는데
눈 앞 다가서는 아늑한 불빛
고향산천 흙내음 맡으며
해맑은 모랫바닥 알을 쏟아내고
물 위로 떠오르는 연어의 일생

공작새

장대 위 올라앉으면
한 마리 새가 되는 게지

힘들여 하늘을 날기보다
흙내음 풍기는 바닥이 좋아

부챗살 펼친 아름다운 꼬리
오색 무늬 영롱한 빛깔
박수치는 구경꾼들 앞에서
뽐내는 기분 아무도 모를 거야

멀리 떠나온 고향
인도의 연꽃마을 그리며
머리 위에 삐죽이 자라난 깃털
흔들어본다네

세상 어디나 마음먹기 나름
아름다운 노래 대신 온몸으로 보여주는
공작새의 새암어린 미소

군함새

누가 하늘 날 수 있는 자유를 주었는가

눈앞 열려 있는 하늘과 바다
맘껏 날개 펴 바람을 타면
야자수 우거진 태평양 기슭
인도양 대서양도 한눈에 보고
태풍을 일으키는 거대한 물보라
달리는 파도 위로 몸 솟구치네

흑갈색 윤기나는 몸매 수평선 일렁이면

사람들은 큰 배라도 오는가고
이름하여 군함새라 부르는데
제비 꼬리 갈라진 멋스런 꽁지
목밑 풍선주머니 빨갛게 부풀려
드넓은 하늘가 무리지어 산다네
제트엔진 나래로 구름을 헤쳐

바람처럼 내닫는 바다새의 우아한 자유

학(鶴)

너는 물가를 날아올라
청산을 가도 좋다

시냇가 작은 고기떼
바라보던 어두운 눈빛
긴 부리를 씻고 훨훨
날아올라 희디 흰
나래를 펼쳐도 좋다

먹구름 스쳐 간
짙푸른 바위
나래를 접어
천 년을 향한 긴 울음 한 번
울어도 좋다

그윽한 눈빛
트인 바다를 보며
성스럽게 앉은 모습
떨쳐도 좋다

오리

뒤뚱거린다고 흉보지 마세요
물에만 뛰어들면 만사형통
물 밖에서 놀던 일 잊고 말아요
강아지에 쫓겨 마당 뛰어다니고
어미닭과 모이 다툼하던 일
다 잊어버리고 두 발 물갈퀴로
노를 저어 신선놀음 지내지요
환한 물속 지나가는 고기떼
자맥질 한 번에 먹이로 채고
타고난 사냥솜씨 보여주어요
추운 겨울 날아든 청둥오리
시냇가 풀숲에 둥지를 틀 때
우린 포근히 잠자는 집으로 가요
말하기 좋아하는 사람들
물가로만 나돈다고 혀를 차지만
조상에게 받은 피 어찌하나요
해만 뜨면 울타리 밖 뛰쳐나가
물가로 내닫는 오리새끼들

돼지

식충이다 먹보다 놀리지 마세요
아무거나 잘 먹고 거뜬히 소화하는
건강체질이랍니다
덕분에 잘 크고 잘 자라
알토란 같은 새끼들 쑥쑥 낳고
주인집엔 한 밑천 안긴답니다
무디고 미련하다 손가락질해도
천성이 낙천적이라 툴툴 털고
살랑살랑 꼬리도 흔든답니다
욕하면서 정든다더니 사람들은
돼지 목에 진주목걸이 어쩌고 하면서도
밤마다 돼지 꿈을 꾸었다며
좋아하는 그 속내 알 수가 없네요
어쨌거나 밤낮없이 꿀꿀대며
밥통 앞에 신나는 검정 집돼지

하루살이

어둠을 뚫고 태어난 세상
날개를 다듬어 춤을 춘다

시원한 물가 앉아
쉬어볼 틈도 없이
따가운 햇살 등에 지고
저녁으로 치닫는다

밤을 밝히는 휘황한 불빛
별 꼬리만큼 짧은 하루지만
날개를 떨며 춤을 춘다

지칠 줄 모르는 춤사위
어쩌면 하루해가 이리도 긴지

휘파람새

꾀꼴꾀꼴 꾀꼬리만 못해도
휘리릭 휘리릭 고운 목소리
덤불 앉아 휘파람을 불지요

가늘고 뾰족한 부리 맞대어
솔새도 개개비도 따를 수 없는
아름다운 노랫소리 들려주네요

둥지를 떠나서도 옛 친구 생각
멧새들 지저귐소리 흉내를 내다
새장 속 신세 떠돌이가 되었네

이 밤도 숲속에는 달빛이 내리겠지
휘리릭 휘리릭 바람결 타고
멀리 멀리 날아가는 휘파람소리

난초 사마귀

미소 진 입술, 속 검은
구석 찾을 길 없다
꽃가루 묻힌 자르르한 몸매
영락없는 부처님 자태로다
나는 아무 일도 하지 않았다
발가락 하나 꼼짝 않고
밤새워 달빛 그림자만 좇았다
한 방울 내린 이슬에도
목마름을 적시지 못해
뜬눈으로 새벽을 지켰다
아무렴, 향내로만 사는
난초일 수는 없는 처지
부드러운 꽃술 언저리 앉아
꽃가루 눈먼 벌레들만 노렸다
흔들리는 세상 조롱이라도 하듯
음험한 입술 굳게 다문
미소 띤 사마귀 한 마리

제4부

개똥벌레 반딧불이

반딧불이

어둔 밤
풀밭에서 개똥벌레 한쌍
날고 있다

맑은 물속 다슬기를 먹고
자라서일까

반짝반짝 몸에 지닌 불빛
형형(炯炯)한 빛을 쏘아내며
초침보다 빠른 눈흘김으로
사람의 마음을 빼앗는다

밤이 깊을수록
아름다운 춤사위

이슬에도 젖지 않는
반딧불이

문어

뼈 없는 동물이라 얕보지 마세요
긴 다리 활개 저어 따뜻한
바다 누비는 문어랍니다

글을 아는 물고기—
남아공 월드컵에서
점쟁이 문어를 보셨겠지요

사람들은 일찍이 우리에게
문어(文魚)라는 이름 붙였거든요
함부로 문어대가리라 마세요

급할 때는 몸빛도 바꾸고
팔처럼 달린 여덟 개의 다리로
바닷속 휘젓는 멋스런 문어

불가사리

별을 찾다 바다에 떨어졌다
아무도 모를 바다 속
외눈박이 물고기도 모른 체하고
연붉은 산호초도 반기지 않지만
살아 숨쉬는 동물인데
먹지 않고는 살 수 없는 노릇
가만가만 산호기둥 흔들어보고
가시손 뻗어 작은 고기도 나꿔챈다
어쩌다 그물 걸려 잡힐라치면
사람들은 옴재수라 팽개치지만
어쩌랴 타고난 저주인 것을
저 세상 태여 하늘 오르면
눈물 고인 손바닥별이 되리라
꽃같이도 아름다운 별이 되리라

매미

여름 한철이란다
차르르 차르르
녹음 흔드는 소리

어둠 속 헤쳐 날개를 달았노라
맴— 맴 매암 질펀하게 놀아보자

어랏차차 쓰르르 쓰르르
따라 우는 쓰르라미

숲이라도 태워 볼까
씽씽매미 참매미

여치

여름날
풀밭 널브러진 벌레들의 합주(合奏)
치 치 치르르 치치 치르르
뒷다리로 날개 비벼 현(絃)을 켜는
애절한 바이올린 소리
와글와글 밤새워 울려대는
풀벌레들의 오케스트라
누구를 위한 탄주(彈奏)인가
구름속 달빛이 얼굴 내밀고
소나무 가지에 바람이 일면
한여름밤의 잔치는 흥을 더하고
이슬 젖은 백팔번뇌 벗어나리라
있는 힘 다해 '풀빛 환희' 를 연주하는
여치란 녀석

범고래

몸짱에 힘짱, 바다의 왕자라네
미끈하고 우람한 몸매 지닌 범고래
넓은 바다 유유히 헤엄쳐 나가면
아무 것도 거리낄 게 없지
작은 물고기는 말할 것 없고
물범이나 바다사자도 슬슬
기슭으로 도망을 친다네
녀석들 좇아 바닷가로 갔다가는
얕은 물에 갇혀 화를 입기도 하지만
사람들이 알아채고 달려와
물 깊은 곳으로 밀어 넣어주기도 하지
그래도 사냥은 즐거운 일이야
어쩌다 흉물스런 귀신고랠 만나면
무리의 우두머리를 패대기치며
물어뜯어 요절을 내기도 하지
육지에는 힘센 코끼리가 있다는데
한 번쯤 힘겨루기라도 해 봤으면
등지느러미 꼿꼿이 세우고
한 바다 유영하는 범고래 형제들

귀뚜라미

기다렸다네, 가을 오기를
추운 겨울, 봄 여름 지나
옹골차게 풀어헤칠 노래
맘 조려 기다렸다네

문틈 새어드는 달빛
잠 못드는 이
귀뚤귀뚤 바람에 띄워
섬돌 밖 날려 보내네

뚜르뚜르 가난한 목청
풀섶마다 널브러지게
가을 읊는 가락에
빠져드는 귀뚜라미

기러기

가을에 왔다 봄에 떠나는 기러기
오가는 하늘길, 길목 노리는 독수리
그 무서운 공격 앞에 맞서기 위해
끼룩끼룩 열을 지어 하늘을 난다
경험 많은 대장기러기 앞세우고
좌우 편대를 짓는 기발한 생각
지켜보는 적의 눈을 어지럽히고
높은 산 고갯마루도 무사히 넘는다
흰기러기 쇠기러기 큰기러기까지
남에서 북으로, 북에서 남으로
철 따라 옮기는 고단한 삶이지만
끼룩끼룩 달 밝은 밤이면
무심한 바람결에 망향가를 띄운다
오늘도 고향 생각 떨치고
믿을 '信' 자 하나로 살아가는
외로운 나그네 기러기 가족

개구리

알에서 태어난 올챙이
가난한 꼬리 자르고 개구리로 변신했네
허파에 바람이 들어설까
부풀어 오른 가슴 물 밖 내밀어
개굴개굴 큰 소리로 노래 부르고
풀섶 앉아 껑충 뛰기도 한다
올챙이적 생각 않고 거만하다 하지만
물웅덩이 논배미서 키운 꿈
이제서야 뭍에 올라 세상구경 할 참인데
점잖게 앉아 체통을 세워야지
머잖아 알 슬흘 새끼들 위해
논바닥 연못가를 맴돌며
네 발 물갈퀴로 헤엄치는 재미도 누려야지
사람들이여, 제발 돌팔매를 거두고
여름밤을 수놓는 울음소리나 들어보오
개골개골 꿈을 엮는 아름다운 노래를

나비

꽃을 향해 날아야 한다
배추밭 태어난 애벌레
성충 되어 허물 벗기까지
어둠 속 뒹굴던 수많은 날들
보란 듯이 날아올라야 한다

꽃보다 아름다운 두 날개
팔랑팔랑 봄볕 내저으며
보리밭 푸른 들 지나
골짜기마다 흐드러진 인정
고운 꽃밭에 앉아야 한다

저물녘 모롱이 외딴 산길에
외로운 들국화 보랏빛 망울
넌지시 잠 깨워 눈인사하고
새봄 다시 오마 서글픈 약속
나래를 일으켜 떠나야 한다

슈빌*

어쩌다 아프리카 오지에 갇혔을까
날갯죽지 무거워 멀리 날지 못하고
발밑 살아 있는 먹잇감 떠나지 못해
뜨거운 진흙바닥 발 담구고
길쭉하고 편평한 부리로 꿈틀대는
개구락지 한 마리 좇어 삼킨다
사람 같은 것은 본 적도 없지
가까이 오는 것도 두렵지 않아
멀뚱멀뚱 먼 곳만 바라보다
맘껏 하늘 날던 옛날이 그리운지
닭똥 같은 눈물만 떨어뜨린다
머리 위론 한가로이 떠도는 구름
암수 두 놈 딱, 딱 부리를 부딪치며
낙원이 따로 없지, 천년 만년
살아갈 외로운 신사춤만 추고 있다

*슈빌 : 아프리카 콩고지방 습지에 서식하는 몸통이 크고 부리가 긴 새. 부리 모양이 구두처럼 길쭉하고 편평하게 생겼다 하여 붙여진 이름이며 개체수가 적어 멸종위기에 있는 보호조임.

뻐꾸기

봄 지나 여름 내내
멀리서 가까이서 뻐꾸기 소리
뻐꾹, 뻐꾹, 구슬픈 울음
그 누가 시켰을까
남몰래 지빠귀 둥지 들어가
감쪽같이 알을 낳고
멀리서 지켜보는 어미 뻐꾸기
눈에 넣어도 아프지 않을 새끼
지금쯤 알에서 깨어났을까
곁에 있는 지빠귀 새끼 밀어내고
탈없이 무럭무럭 자라고나 있을까
한숨 섞인 울음소리는
온숲을 흔들고 마을까지 울린다
내 어찌 기르는 정 저버리고
지빠귀며 때까치, 만만한
남의 둥지 엿보는 못난 새가 되었을까
가슴앓이 지새우는 뻐꾸기 울음

소

스산한 외양간도 행복한 보금자리
여물을 되새김하며 생각에 젖어 든다
언제부터였을까, 코뚜레 뚫려
사람들과 함께한 인연의 시작은…
이놈의 큰 덩치에 아침마다 끓여주는
뜨끈한 쇠죽이 없었다면 어찌 하였을까
들판 놓여나 눈밭에라도 뒹굴었을까
그저 주는 대로 먹고 뚝심만큼 일하면
착한 소, 보배 소라 일렀지
오는 봄엔 사래 긴 자갈밭도 뚜벅뚜벅
코에 단내 나도록 일을 해야 해
언제나 바람막이해 주고 등 토닥여 주는
주인 내외의 정성을 잊지 못하지
힘 부치고 늙으면 어쩔 수 없는 거야
도수장 가더라도 주루룩 눈물 한 방울이면
뿔도 가죽도 흩어져 멍에를 벗는 날이거든
예쁜 송아지 태여 달라 두 손 비는
건넌방 할멈에게도 좋은 일이 있었으면
별안간 곁에 다가서는 발자국 소리에
후다닥 잡생각을 떨치고 댕그렁
워낭소리로 대답하는 순하디 순한 소

담비

소문 들었겠지
호랑이 잡는 담비가 있다는 걸
옴치고 뛰면 가시덤불도 훌쩍 넘고
짤달막한 네 발에도 날카로운 발톱
개구리며 들쥐, 나는 새도 맥을 못 추지
용수철 다진 탄탄한 몸 호랑인들 겁내랴만
길목 놓인 덫에 걸려 종족의 씨가 마르니
하늘이여, 우리에게 내린 명줄 살피시고
몸뚱이 두른 황홀한 모피 대신
무쇠도 끊을 수 있는 굳센 이빨과
환한 대낮 내다볼 밝은 눈을 주소서

개

무슨 인연일까요
사람과 곁하여 먹고 자며
끄나풀로 엮인 사연
수지맞는 팔자라지만
우리도 내세울 게 많답니다
주인을 따르는 영특함에
밝은 귀로 도둑 지키고
냄새 맡아 사냥터 달려가며
훈련 받은 군견으로도 한 몫 하는
보기 드문 팔방미인이랍니다
공짜밥 먹는 게 아닌데도요
복날 끌려가는 이웃집 친구
토사구팽(兎死狗烹)은 아닐 테지요
마냥 숙맥 같은 믿음으로
아침저녁 꼬리치는 멍멍이 가족

꿀벌

꿀 있는 곳이면 어디든 간다
하늘 같은 여왕벌, 놀고 먹는
수펄이라도 받들어 모셔야 하니
가슴앓이 일벌들의 속내
꿀 따는 재미로나 풀어야지
고개 너머 숨어 있는 꽃송이에
수많은 일벌들 목숨을 건다
달콤한 꽃술 앉아 입술 부비며
진한 향기 취해 몸 가누지 못해도
돌아올 땐 넓적한 뒷다리에
듬뿍 꽃가루 묻혀 오는 꿀벌들
밀랍 두른 방마다 양식을 쌓아
고물고물한 새끼들 잘 키워야 해
이따금 찾아오는 사람들
한 됫박씩 꿀통을 비워가도
밀어넣는 설탕물에 바보가 되어
품고 있던 독침마저 슬며시 거두고
꽃길 따라 나서는 꿀벌의 무리

거미

어딘가 줄을 칠 것이다
대롱대롱 허공 매달려
끈끈한 줄을 늘일 것이다
까마득히 길이 멀더라도
줄을 잡고 공중을 오르리라
이리저리 떠밀리며
바람에 흔들거려도
꼬리 맞댄 발가락 사이
힘센 자를 포박할 수 있는
현란한 그물을 칠 것이다

작품해설

예리한 관찰과 통찰력으로 빚어낸 동물의 세계

– 김태호 시인의 시집 《동물의 세계》 시 작품을 중심으로

抒恩 **이정남**
(시인, 문학평론가)

들어가며

먼저 우리 한국 문단의 중진시인 김태호 님의 일곱 번째 시집 《동물의 세계》 상재를 진심으로 축하드리며 보내온 시집 원고를 펼쳐보았다.

《동물의 세계》, 제목부터가 예사롭지 않다. 지금까지 보아온 여타 다른 시집들과는 사뭇 다르다. 호기심이 생긴다. 시편마다 어떤 동물의 세계가 펼쳐져 있을까? 궁금함에 단숨에 읽어보았다.

시인이라면 누구나 동물을 소재로 한두 편의 시 창작을 시도해 보았을 것이다. 그러나 김태호 시인처럼 시집 전체를 동물에 관한 시로 몽땅 채운 시집이 우리 시단에 설마 또 있을까 궁금한 나머지 우리 현대시 문학사의 발자취를 더듬어보니, 이미 1938년에 동물시 30편을 엮어 《동물시집》이라는 제

목으로 '한성문고' 에서 펴낸 적이 있었다.

해방 이전 암울한 식민지 시대에도 왕성한 시작 활동을 멈추지 않았던 윤곤강 시인이 그 주인공이라서 놀라웠다. 윤곤강 시인의 《동물시집》(1938) 중 〈나비〉 한 편을 여기에 소개한다.

비바람 험살궂게 거쳐 간 추녀 밑—
날개 찢어진 늙은 노랑나비가
맨드라미 대가리를 물고 가슴을 앓는다.

찢긴 나래에 맥이 풀려
그리운 꽃밭을 찾아갈 수 없는 슬픔에
물고 있는 맨드라미조차 소태 맛이다.

자랑스러울 손 화려한 춤 재주도
한 옛날의 꿈조각처럼 흐리어
늙은 무녀(舞女)처럼 나비는 한숨진다.

– 윤곤강 시인의 〈나비〉 전문

겉으로 보기에 위의 두 시인이 동물을 소재로 하여 시집을 엮었다는 점에서 서로 유사하다고 하겠으나, 김태호 시인의 《동물의 세계》를 윤곤강 시인의 《동물시집》에 이은 두 번째 시집이라 하기에는 시상의 전개과정이나 시적 대상을 바라보는 관점과 표현기교면에서 사뭇 다른 느낌을 주는 작품으로 각자 독립적인 작품세계를 지향하고 있다고 봐야 할 것이다.

윤곤강의 《동물시집》에 수록된 대부분의 작품들에 등장하는 동물들은 암울한 식민지 시대를 살아가는 시적 화자의 모습을 은유적으로 보여주고 있는데 반해 김태호 시인의 《동물의 세계》는 주관적인 감정이입을 배제하고 객관적이고 보편적인 시각으로 시적 대상인 각 동물과의 따뜻하고 애정 어린 교감을 나누며 담담한 어조로 동물의 세계를 관조, 궁극에는 인간 세계에 대한 깊은 성찰과 깨달음의 경지에 나아갈 수 있도록 하는 것으로 특징지을 수 있을 것이다.

딱딱한 동물도감, 서정성을 지닌 문학작품으로 승화되다

김태호 시인의 《동물의 세계》는 시인의 타고난 시적 감수성과 깊은 통찰력에, 예리한 관찰력이 더해져 시종일관 동물에 대한 관심과 애정 어린 시선으로 건져 올린 생생하고 세심한 관찰력이 시편 곳곳에 돋보인다.

시인은 이 시집의 초고를 완성한 후, 서울대공원 동물원 원장에게 직접 원고를 들고 찾아가 혹시 작품에서 소개하고 있는 동물관련 지식정보 중에 잘못이나 오류는 없는지 자문을 구하기까지 하였다고 한다.

더불어서 동물의 생김새, 서식지, 먹이사슬, 생활방식, 습성, 번식, 성장과정 등이 바로 옆에서 보는 듯한 정확하고 세밀한 묘사로 실감을 더하여 독자들의 마음을 사로잡으며 생태계에 대한 이해를 극대화시켜 준다.

포도빛 몸매에 검푸른 반점

까마귀 사촌이라지만
목소리 하나는 곱다구요
야옹 야옹 고양이 소리며
지나가는 새들의 울음까지
멀쩡하게 흉내 낸답니다
일년 내내 숲속에 살며
오뉴월엔 대여섯 개 알을 낳고
예쁜 새끼도 기르지요
어쩌다 사람들 눈에 띄어
새장에 갇히는 일 있어도
작은 부리에서 내는 고운 목소리
타고난 목소리로 사랑을 받지요
언치처럼 쓸모가 있다나 봐요
'언치새' 라 붙여진 별명 싫지 않네요
푸드득 숲속 날으는 어미 어치

– 〈어치〉 전문

위에 인용한 〈어치〉라는 시를 보면 어치새는 포도빛 몸매에 검푸른 반점을 가진 까마귀 사촌으로 고운 목소리로 다른 동물들 울음소리를 잘 흉내 내어 사람들에게 사랑받는 동물로 언치처럼 쓸모 있다고 하여 언치새라고도 불리며, 일 년 내내 숲에서 살고 오뉴월엔 대여섯 개의 알을 낳아 기른다는 등, 어치새 전반에 대한 전문적이고 과학적인 지식을 한 편의 시를 통해 가볍게 습득할 수 있기에 융합교육의 교재로 쓰이기에 손색이 없다는 것을 필자는 강조하여 지적하고 싶다.

또한 김태호 시인의 시작품은 공허하고 무의미한 수사와 불필요한 감정노출의 철저한 배제와 절제로 현학적이지 않은 그만의 시적 함축성을 살리면서도 쉽고 평범한 일상어를 시어로 선택함으로써 남녀노소 누구나 쉽게 읽을 수 있는 시의 대중성을 표방하고 있다.

김태호 시인의 《동물의 세계》는 지루하고 재미없게 느껴질 수 있는 동물도감이나 어렵고 딱딱한 풀이의 동물백과사전을 남녀노소 누구나 즐겁게 읽을 수 있는 부드럽고 평이한 시어를 사용해 서정성 짙은 시문학으로 승화시켜 놓은 뛰어난 걸작이라 하겠다.

이 시집의 원고를 읽다 보면 흥미롭고 다양한 동물의 세계를 쉽게 접할 수 있고, 동물의 실제 모습을 바로 눈앞에서 보는 듯한 느낌이 드는 것이 한 마디로 우리나라 최고의 장수 프로그램인 '동물의 왕국' 을 보고 있는 착각에 빠지게 된다.

2013학년도부터 초등교육과정에 본격적으로 적용되고 있는 융합교육은 교과간의 경계를 허물고 교과간의 연계를 강조하는 교육으로, science(과학), technology(기술), engineering(공학), arts(예술), mathematics(수학)의 첫 알파벳을 조합하여 'STEAM교육' 이라고도 한다. 이 융합교육에서 가장 중요하게 여기는 것은 폭넓은 지식의 획득이다.

김태호 시인의 동물시 원고를 다 읽고 난 필자의 뇌리에 번개처럼 스치는 단어가 있었는데 그것은 바로 '융합교육' 이었다.

그 이유는 통합형 교육과정이 본격적으로 실시되고 융합형 인재 양성이 새롭게 부각되고 있는 현시점에서 발간되는 김태호 시인의 《동물의 세계》가 자라나는 새싹들의 풍부한 문학적 감수성과 동물에 대한 과학적 지식을 동시에 함양시킬 수 있는 국어와 과학과목의 융합교육 교재로 쓰이기에 참으로 안성맞춤이라는 생각이 들었던 까닭이다.

동물에 대해 호기심 많은 어린아이들에게 어렵고 딱딱한 백과사전식 교재가 아닌 한 편의 시를 읊조리면서 쉽고 즐겁게 배울 수 있게 한다면 이보다 더 좋을 수는 없을 것이다.

필자는 감히 이 시집이 융합교육이 중요시되고 있는 요즘 초등교육 과정에 부교재로 사용하여 우리나라 초등학생들의 문학적 감수성을 길러줌과 동시에 동물에 대한 이해도도 한층 업그레이드할 수 있는 좋은 기회가 되리라 믿어 의심치 않는다.

인간, 《동물의 세계》를 엿보다

빽빽한 빌딩숲에 갇혀 자연환경과 동물을 접할 기회가 적은 도시에서 생활하고 있는 어린이들도 김태호 시인의 《동물의 세계》를 읽다 보면 각 시편에 소개된 동물들이 어떤 곳에서 어떤 먹이를 먹으며 어떻게 살아가고 있는지 쉽고 재미있게 유추할 수 있다.

이제 본격적으로 김태호 시인이 깊은 통찰력과 따스하고 애정 어린 시선으로 다양한 동물들과 교감하고 소통하면서 풍부한 시적 감수성으로 빚어낸 《동물의 세계》를 통해 하늘의 법칙과 대자연의 순리에 순응하며 살아가는 동물들의 생활을 엿보면서 우리 인간의 삶과 어떻게 다른지 음미해 보고자 한다.

한여름 개미가 행군을 한다
전투에 나가는 병사들처럼
줄지어 일터로 가는 개미떼
그저 신비롭고 대견하다
제 몸집보다 큰 먹이를 물고
당당하게 집으로 돌아가는 녀석들
잘록한 허리에서 힘이 솟는지
가파른 길에서도 지칠 줄 모른다
비가 올 량이면 집을 옮기고
곳간을 채워 겨울을 대비한다
굴속에 있는 여왕개미며
아기개미를 위해서라면
앞을 막는 그 누구도 두렵지 않다
나무에도 오르고 진창에서도
더듬일 앞세워 달려나간다
……(후략)……

– 〈개미〉 중에서

인용한 시에서 우리는 굴속에 있는 여왕개미와 아기개미를 위해서 잘록한 허리에 힘을 주고 제 몸집보다 더 큰 먹이를 물고 당당하게 굴속으로 돌아가는 개미들을 보면서 열악한 환경 속에서도 사랑하는 가족들을 위해 새벽같이 일어나 자신들의 일터로 출근하는 가장들을 떠올리게 된다.

직장 생활이 아무리 힘들고 고단하여도 집에 있는 아내와 자식을 위해서라면 그 어떤 위험이나 장애물도 두려워하지 않는 우리들의 헌신적인 아버지들의 모습과 대비되어 "비가 올 량이면 집을 옮기고/ 곳간을 채워 겨울을 대비한다/ 굴속에 있는 여왕개미며/ 아기개미를 위해서라면/ 앞을 막는 그 누구도 두렵지 않다" 며, "나무에도 오르고 진창에서도/ 더듬일 앞세워 달려" 가는 저 작고 보잘 것 없는 개미의 모습으로 형상화되어 그 감사함과 고마움에 눈시울이 뜨거워진다.

……(전략)……
그 많던 곳간 쥐새끼 다 없어지니
하릴없이 잠이나 자는 게지
몸집은 작아도 사자나 호랑이 같은
고양이과 동물 아니던가
배부른 사자처럼 네 활개 뻗고
아무데 엎드린들 누가 탓할까
햇살 따스한 곳 누워 마냥
낮잠을 즐기는 고양이 가족

– 〈고양이〉 중에서

지킬 곳간이 없어 할 일이 없어진 고양이가 지금은 그 어느 것에도 구애받지 않고 햇볕 잘 드는 양지쪽에 누워 게슴츠레한 눈 깜박이며 늘어지게 낮잠을 즐긴다는 〈고양이〉라는 시를 보면 이 시에 등장하는 고양이보다 못한 처지에 있는 이 땅의 실직자들이 떠올라 가슴이 아프다.

예전엔 쥐를 잡기 위해 집집마다 고양이를 키웠지만, 더 이상 쥐를 잡을 필요가 없어져도 고양이는 토사구팽당하지 않고 사람들의 애완동물로 살아남아 그 역할에 맞는 대접을 받으며 행복한 시간을 향유하지만 만물의 영장이라 불리는 우리 사람들은 어떤가?

이윤추구라는 기업의 목적 달성을 위해 채용한 직원이 더 이상 기업에 필요가 없을 때 우리는 고양이보다 못한 존재로 전락해 명예퇴직이라는 허울 좋은 명목으로 직장에서 내쫓기는 신세가 되는 현실을 생각하게도 된다.

세상에서 가장 빠른 단거리 선수
날렵한 다리로 초원을 달려
달아나는 멧돼지며 가젤을 사냥한다
먹잇감 물고 나무에 오르진 못해도
풀숲에 숨겨두고 어린 새끼들 키운다
때로는 힘센 사자나 하이에나에게
애써 얻은 먹이를 빼앗겨도
어쩔 수 없이 물러서는 겁쟁이지만
……(중략)……
이따금 언덕에 올라 저 멀리
붉게 타오르는 저녁노을 바라보며
드넓은 사냥터 초원이 아니라면
어찌 살아갈 수 있었을까
사뭇 감회에 젖기도 한다

– 〈치타〉 중에서

우리는 이 시를 통해 '치타' 라는 동물이 '세상에서 가장 빠른 단거리 선수' 임과 '날렵한 다리' 로 초원을 누비며 멧돼지와 가젤을 먹잇감으로 사냥하여 풀숲에 숨겨두고 어린 새끼들을 키운다는 상식과, 자기보다 힘센 사자나 하이에나 같은 포식자에게 자신이 애써 얻은 먹이를 빼앗겨도 살기 위핸 어쩔 수 없이 물러서야 하는 동물세계의 냉혹한 생태계에 대해서도 알게 된다.

……(전략)……
갑옷 두른 몸뚱이 무게만도 2톤이 넘어
……(중략)……
덕분에 맘놓고 초원에서 살지만
문제는 묘하게 생긴 뿔이 탈이라네
긴한 약에 쓴다며 죄 없는 목숨
마구잡이 총질해대는 사람들
귀하고 귀한 종족 씨를 말린다네
……(후략)……

— 〈코뿔소〉 중에서

……(전략)……
용수철 다진 탄탄한 몸 호랑인들 겁내랴만
길목 놓인 덫에 걸려 종족의 씨가 마르니
……(중략)……
몸뚱이 두른 황홀한 모피 대신
무쇠도 끊을 수 있는 굳센 이빨과
환한 대낮 내다볼 밝은 눈을 주소서

— 〈담비〉 중에서

우리가 살아가고 있는 이 세상은 강자만이 존재할 수도 없고, 약자만이 살아가는 곳도 아니다. 강자와 약자가 서로 어울려 더불어 사는 공간이다.

오늘날 인간의 이기적인 욕심으로 숱한 동물들이 멸종 위기에 놓여 있다. 지금도 한 해에 몇 종씩 아예 지구에서 사라진다고 하는데, 어리석은 인간들은 동물 몇 종이 사라지는 것이 나와 무슨 상관이냐며 동물들을 향한 무자비한 총 겨눔을 멈출 줄 모른다.

그 인간들에 의해 비명횡사하지 않도록 전능하신 조물주를 향해 자신들에게 내린 명줄을 다할 수 있도록 "몸뚱이 두른 황홀한 모피 대신/ 무쇠도 끊을 수 있는 군센 이빨과/ 환한 대낮 내다볼 밝은 눈을" 달라고 간절히 기도하는 '코뿔소' 와 '담비' 의 외침이 하늘에 닿기를 빌어본다.

마지막으로 〈소〉 전문을 소개하며 이 글을 맺으려 한다.

스산한 외양간도 행복한 보금자리
여물을 되새김하며 생각에 젖어 든다
언제부터였을까, 코뚜레 뚫려
사람들과 함께한 인연의 시작은…
이놈의 큰 덩치에 아침마다 끓여주는
뜨끈한 쇠죽이 없었다면 어찌 하였을까
들판 놓여나 눈밭에라도 뒹굴었을까
그저 주는 대로 먹고 뚝심만큼 일하면
착한 소, 보배 소라 일렀지
오는 봄엔 사래 긴 자갈밭도 뚜벅뚜벅

코에 단내 나도록 일을 해야 해
언제나 바람막이해 주고 등 토닥여 주는
주인 내외의 정성을 잊지 못하지
힘 부치고 늙으면 어쩔 수 없는 거야
도수장 가더라도 주루룩 눈물 한 방울이면
뿔도 가죽도 흩어져 멍에를 벗는 날이거든
예쁜 송아지 태여 달라 두 손 비는
건넌방 할멈에게도 좋은 일이 있었으면
별안간 곁에 다가서는 발자국 소리에
후다닥 잡생각을 떨치고 댕그렁
워낭소리로 대답하는 순하디 순한 소

– 〈소〉 전문

이 시는 2009년 1월 15일에 개봉했던 이충렬 감독의 다큐멘터리 독립영화 〈워낭소리〉에 대한 영화 감상문 같은 느낌을 준다.

소는 일생 사람을 위해 태어나서 죽을 때까지 주인을 위해 일하다가 죽을 땐 인간을 위해 가죽과 한 점 살, 뼈까지 송두리째 아낌없이 바치는 동물이다.

자신의 타고난 처지를 원망하는 법 없이 태어나서 죽기까지 타고난 운명에 순응하며 모든 것을 주인을 위해 아낌없이 주고 가는 헌신적인 소의 일생을 보면서 평생 자식들을 위해 진자리 마른자리 가리지 않고 고생하신 어머니 생각에 가슴 한 켠이 애잔함으로 물든다.

나오며

우리는 지금까지 김태호 시인의 시집《동물의 세계》를 통해 시인 특유의 따뜻하고 애정 어린 시선으로 바라본 정감 어린 동물들의 세계를 엿볼 수 있었다.

동물에 대한 생생한 그림을 보는 듯한 그의 작품 속에서 단연 돋보이는 것은 동물들 하나하나를 세밀하게 꿰뚫어보는 시인의 뛰어난 통찰력과 작품 전편에 녹아있는 동물들을 향한 따뜻하고 온화한 시선이다.

더불어 동물의 세계를 소개하는 시이니만큼 동물들의 모습과 울음소리 등을 흉내내는 의성어, 의태어가 각 시편마다 두드러지게 나타남이다.

필자는 김태호 시인의《동물의 세계》가 독자들로 하여금 대자연의 위대함과 생물의 다양성, 생태계의 신비함을 느낄 수 있는 값진 작품으로, 인간의 무분별한 밀렵과 덫, 환경오염, 지구 온난화의 영향으로 점점 사라져가는 동물들을 보호하며 자연의 소중함을 일깨우는 참으로 보배롭고 의미 있는 작업으로 자리매김하길 기원해 본다.

김태호 시인의 제 7시집《동물의 세계》는 그동안 우리 문학사에서 아무도 시도하지 않았던 시집으로 우리 현대시사에서 독보적이고 독창적인 작품세계를 선보인 의미 있는 작품이다.

우리 모두《동물의 세계》를 통해 대자연의 법칙에 순응하는 동물의 생태에 귀를 기울이며, 인간과 동물이 한데 어우러져 살아가는 환경 속에서 우리가 미처 발견하지 못한 삶의 예지와 기억 저편에 머물고 있는 아름다운 추억과 정겹게 만나는 계기가 되기를 소망하며, 다시 한 번 김태호 시인의 시집 《동물의 세계》 출간을 진심으로 축하드린다.

金兌浩 시인 연보

1938년 충북 보은군 외속리면 장내리 출생
1958년 대구대학(현 영남대) 법정학부 수료
(창녕초교, 대구 경상중, 경북고 졸업)
1966~1998 서울시 지방공무원(시청, 구청 등)
1989년 시 〈닭〉, 〈벙어리새〉로 '한국시' 등단
1991년 첫시집 《달빛씻기》 상재 (호롱불)
1994년 시집 《한 줄의 시로 하여 서럽지도 않으리라》
(도서출판 청학)
제5회 한국시문학상 수상 (한국시사)
1996년 시집 《눈나라 소식》 출간 (계명사)
제5회 우리문학상 수상 (우리문학사)
1997년 제1회 종로문화상 수상 (종로신문사)
1998년 시집 《해돋이》 출간 (다인미디어)
2007년 시집 《봄, 오다》 출간 (한누리미디어)
제1회 한국현대시문학상 수상
(한국현대시문학연구소 · 독서신문사)
2010년 시집 《발가락에 쓴 시》 출간
2015년 시집 《동물의 세계》 출간

문단 활동 : 한국문협, 한국시협, 국제펜클럽
한국가톨릭문인회 등

김태호 시집
동물의 세계
•
지은이 / 김태호
발행인 / 김재엽
발행처 / 한누리미디어
디자인 / 지선숙
•
121-840, 서울시 마포구 잔다리로 35, 2층(서교동, 서운빌딩)
전화 / (02)379-4514, 379-4519
Fax / (02)379-4516
E-mail/hannury2003@hanmail.net
•
신고번호 / 제300-2006-61호
등록일 / 1993. 11. 4
•
초판발행일 / 2015년 11월 10일
•
© 2015 김태호 Printed in KOREA
•
값 8,000원
•
※잘못된 책은 바꿔드립니다.
※저자와의 협약으로 인지는 생략합니다.
•
ISBN 978-89-7969-698-1 03810